Arthur Conan Doyle

Le Manoir de l'abbaye

Table des matières

Le Manoir de l'Abbaye

Il faisait très froid ce matin-là de l'hiver 1897, où je fus réveillé par une main qui me secouait l'épaule. C'était Holmes. La bougie qu'il tenait éclairait son visage aigu. Du premier regard, je compris que quelque chose n'allait pas.

– Debout, Watson ! me cria-t-il. Il y a du neuf. Non, pas de questions. Enfilez vos vêtements et venez !

Dix minutes plus tard nous roulions en fiacre dans les rues silencieuses vers la gare de Charing Cross. Les premières lueurs blafardes de l'aube commençaient à paraître. De temps à autre nous apercevions la silhouette confuse d'un ouvrier qui se rendait à son travail, à travers la brume opalescente de Londres. Holmes, silencieux était emmitouflé dans son épais manteau. Je l'imitai car l'air était très vif, et nous n'avions rien mangé depuis la veille. A la gare, nous avalâmes une tasse de thé brûlant, avant de prendre place dans le train du Kent, et nous nous sentîmes suffisamment dégelés, lui pour parler, moi pour écouter. Holmes tira de sa poche une lettre qu'il lut à haute voix.

« Manoir de l'Abbaye, Marsham, Kent, trois heures trente du matin.

« Mon cher Monsieur Holmes, je serais heureux de vous voir auprès de moi pour une affaire qui promet d'être très extraordinaire. Elle est tout à fait dans votre genre. Sauf en ce qui concerne la femme qui a été déliée, les choses sont demeurées exactement dans l'état où je les ai trouvées. Mais je vous prie de ne pas perdre une minute, car il est difficile de laisser Sir Eustace là où il est.

« Votre bien dévoué,

« Stanley Hopkins. »

– Hopkins m'a alerté sept fois, et chaque fois son appel s'est trouvé amplement justifié, ajouta Holmes. Je crois que ces sept affaires ont trouvé place dans votre collection. A propos, Watson, je conviens que votre sélection des cas compense les défauts que je déplore dans vos récits. Vous avez la détestable habitude de considérer toute chose du point de vue du conteur et non du point de vue du chercheur scientifique. Par là, vous avez démoli ce qui aurait pu être une suite instructive et même classique de démonstrations. Vous négligez la finesse et la délicatesse de mes déductions pour insister sur des détails dont le caractère sensationnel excite peut-être la curiosité du lecteur mais ne l'éduque sûrement pas !

– Pourquoi n'écrivez-vous pas vos mémoires vous-mêmes ? lui demandai-je non sans amertume.

– Je le ferai, mon cher Watson, je le ferai ! A présent je suis très occupé, vous le savez. Mais je me propose de consacrer les années de ma vie déclinante à réunir en un seul volume tout l'art du détective. Dans l'affaire qui nous vaut la convocation de Hopkins, il doit s'agir d'un meurtre.

– Vous pensez que ce Sir Eustace est mort ?

– Je le croirais. L'écriture de Hopkins témoigne d'une agitation extrême, et ce n'est pas un émotif. Oui, je pense qu'il y a eu homicide et qu'il a laissé le corps pour que nous l'examinions. Un simple suicide ne lui aurait pas donné l'idée de m'alerter.

Quant à la dame déliée, il veut dire sans doute qu'elle a été ligotée dans sa chambre pendant le drame. Nous allons avoir affaire avec la haute société, Watson : ce papier qui craque, le monogramme « E. B. », les armoiries, le lieu pittoresque... J'espère que notre ami Hopkins ne fera pas mentir sa réputation et que nous aurons une matinée intéressante. Le crime a été commis avant minuit la nuit dernière.

– Comment pouvez-vous avancer cela ?

– En calculant les horaires des trains et en tenant compte des délais. La police locale a été appelée d'abord. Elle a communiqué avec Scotland Yard. Hopkins a dû partir. Et à son tour il m'a prévenu. Tout cela a demandé une nuit. Mais nous voici à Chislehurst. Nous saurons bientôt de quoi il retourne au juste.

Après une course de cinq kilomètres sur d'étroits chemins de campagne, nous arrivâmes devant la grille d'un parc. Une vieille concierge à la figure bouleversée nous ouvrit. L'avenue traversait un parc splendide et était bordée de chaque côté par des ormes antiques. Elle aboutit à une grande maison basse dont la façade était décorée de colonnades fort élégantes. La partie centrale était évidemment fort ancienne ; elle était recouverte de lierre ; mais de grandes fenêtres montraient que des changements y avaient été apportés ; une aile semblait entièrement neuve. La silhouette jeune, agile et le visage ardent de l'inspecteur Stanley Hopkins nous accueillirent sur le perron.

– Je suis bien content que vous soyez venu, monsieur Holmes ! Et vous aussi, docteur Watson ! Mais en vérité, si c'était à refaire, je ne vous aurais pas dérangés, car la dame, depuis qu'elle a repris ses sens, m'a fait un récit si clair de l'affaire qu'il ne nous reste plus grand-chose à démêler. Vous vous rappelez le gang des cambrioleurs de Lewisham ?

– Comment, les trois Randall ?

– Mais oui : le père et les deux fils. Ce sont eux qui ont fait le coup. J'en suis sûr. Ils ont opéré à Sydenham il y a une quinzaine de jours : on les a vus et décrits. Il faut avoir de l'audace pour recommencer si tôt et si près ! Mais il n'y a pas de doute. Cette fois la corde les attend !

– Sir Eustace est mort, alors ?

– Oui. Il a eu la tête fracassée d'un coup de son tisonnier.

– Sir Eustace Brackenstall, m'a dit le cocher ?

– Exactement. L'un des plus riches propriétaires du Kent. Lady Brackenstall est dans le petit salon. Pauvre femme ! Elle a vécu une aventure terrible. Quand je l'ai vue, elle était aux trois quarts morte. Le mieux serait de la voir et d'écouter son récit. Puis nous irons ensemble examiner la salle à manger.

Lady Brackenstall n'était pas une personne banale. Rarement me suis-je trouvé en face d'une silhouette plus gracieuse, d'une féminité plus délicate, d'un visage plus ravissant. Blonde avec des cheveux d'or, elle nous aurait sans doute montré le teint parfait qui s'harmonise si bien avec cette couleur si les récents événements ne l'avaient laissée crispée et décomposée. Elle souffrait d'ailleurs dans son corps comme dans son âme : au-dessus d'un œil s'étalait une énorme bosse tuméfiée couleur de prune qu'une grande femme de chambre austère baignait consciencieusement avec de l'eau vinaigrée. Lady Brackenstall reposait sur le dos dans un canapé mais son regard prompt et perçant ainsi que la mobilité de ses traits nous apprirent que ni son intelligence ni son courage n'avaient été ébranlés. Elle était drapée dans une ample robe de chambre bleue et argent, mais une robe noire de dîner était suspendue à côté d'elle.

– Je vous ai tout raconté, monsieur Hopkins ! fit-elle d'un air las. Ne pourriez-vous le redire à ma place ?... Hé bien ! puisque vous le jugez nécessaire, je vais expliquer à ces messieurs ce qui est arrivé. Sont-ils déjà allés dans la salle à manger ?

– J'ai pensé qu'il était préférable qu'ils entendissent d'abord votre récit, madame.

– Je suis impatiente que vous en finissiez. C'est horrible pour moi de penser qu'il est toujours là...

Elle frissonna et enfouit pendant quelques secondes son visage entre ses mains. Ce geste fit glisser la robe de chambre sur son avant-bras. Holmes poussa une exclamation.

– Mais vous avez d'autres blessures, madame ! Qu'est ceci ?

Deux taches d'un rouge violent se détachaient sur le membre blanc et rond. Elle se hâta de les recouvrir.

– Ce n'est rien. Sans aucun rapport avec l'horrible affaire de cette nuit. Si vous voulez vous asseoir, ainsi que votre ami, je vous dirai tout ce que je peux.

« Je suis l'épouse de sir Eustace Brackenstall. Nous nous sommes mariés, il y a environ un an. Je suppose qu'il est inutile que j'essaie de vous présenter cette union comme heureuse. Tous nos voisins me démentiraient. Peut-être suis-je en partie responsable. J'ai été élevée dans l'ambiance plus libre, moins conventionnelle de l'Australie méridionale, et cette vie anglaise, avec ses convenances et son air guindé, ne me convient guère. Mais la raison véritable, principale, de notre désaccord résidait dans le fait que Sir Eustace était un ivrogne invétéré. Passer une heure dans la société d'un tel homme est déplaisant. Imaginez ce que cela représentait pour une femme sensible et ardente d'être attachée à lui jour et nuit ! C'est un sacrilège, un crime, une vilenie de soutenir qu'un mariage pareil constitue un lien ! Je vous assure que vos lois monstrueuses apporteront une malédiction sur ce pays... Non, le Ciel ne permettra pas que cette abomination subsiste !

Elle se dressa sur son séant, joues enflammées, yeux étincelants sous la terrible tuméfaction qui marquait son front. Puis la forte main de la femme de chambre l'obligea à reposer doucement sa tête sur les coussins, et la colère furieuse fit place à des sanglots passionnés. Finalement elle reprit :

— Je vais vous parler de la nuit dernière. Vous ignorez peut-être que dans cette maison tous les domestiques dorment dans l'aile moderne. Cette partie centrale se compose des pièces de séjour, avec la cuisine derrière et notre chambre au-dessus. Ma femme de chambre Theresa dort au-dessus de ma chambre. Il n'y a personne d'autre. Aucun bruit ne pourrait alerter les gens qui habitent dans l'aile. Ce détail devait être connu des cambrioleurs. Sinon ils n'auraient pas agi comme ils l'ont fait.

« Sir Eustace s'est retiré à dix heures et demie. Les domestiques avaient déjà gagné leurs chambres. Seule ma femme de chambre veillait : elle était demeurée dans sa chambre tout en haut de la maison, attendant que j'eusse besoin de ses services. Je restai assise jusqu'à onze heures passées dans cette pièce. Un livre me tenait compagnie. Je fis un tour pour m'assurer que tout était normal avant de monter. J'en avais l'habitude ; je le faisais moi-même car, comme je vous l'ai dit, je ne pouvais pas toujours me fier à Sir Eustace. J'allai dans la cuisine, dans l'office, dans la salle d'armes, dans la salle de billard, dans le salon et enfin dans la salle à manger. Quand je m'approchai de la fenêtre, qui est protégée par des rideaux épais, je sentis soudain le vent me souffler au visage, et je compris qu'elle était ouverte. J'écartai le rideau et je me trouvai face à face avec un homme âgé aux larges épaules qui venait de se glisser dans la pièce. La fenêtre est plutôt une porte-fenêtre qui donne sur le jardin. Je tenais à la main la bougie de ma chambre et, grâce à cette lumière, j'aperçus derrière cet homme deux autres qui étaient en train d'entrer. Je reculai, mais l'individu en question se jeta sur moi. Il me saisit d'abord par le poignet, puis à la gorge. J'ouvris la bouche pour crier, mais il me frappa sauvagement de son poing fermé au-dessus de l'œil et ce coup me jeta par terre. J'ai dû perdre connaissance pendant quelques instants, car lorsque je suis revenue à moi je me suis trouvée ligotée par le cordon de sonnette qu'ils avaient arraché ; j'étais attachée solidement au fauteuil en chêne qui préside à la table de la salle à manger. J'étais si bien immobilisée qu'il m'était impossible de faire un geste. Un mouchoir sur la bouche m'interdisait d'émettre le moindre son. C'est à ce moment que mon malheureux mari pénétra dans la pièce. Sans doute avait-il entendu des bruits suspects, et il arrivait tout prêt à n'importe quelle éventualité. Il avait passé une chemise et des pantalons, et il tenait à la main son gourdin d'épine favori. Il se rua sur l'un des voleurs, mais un autre, le plus âgé, se baissa, ramassa le tisonnier et lui en assena un coup terrible. Il tomba comme une masse et ne bougea plus. Je m'évanouis une fois encore, mais sûrement pas plus de quelques minutes. Quand j'ouvris les yeux, je constatai qu'ils avaient sorti l'argenterie du buffet, qu'ils avaient débouché une bouteille, que chacun avait un verre à la main. Je vous ai déjà dit, je crois, que l'un d'eux était âgé, avec une barbe, tandis que les deux autres étaient de jeunes garçons imberbes. On aurait dit un père avec ses deux fils. Ils parlaient à voix basse. Puis ils s'approchèrent et vérifièrent mes liens. Après quoi ils se retirèrent en fermant la porte-fenêtre derrière eux. Il me fallut un bon quart d'heure avant que je pusse libérer mes mains. Quand j'y fus parvenue, mes cris alertèrent ma femme de chambre, qui descendit. Les autres domestiques furent réveillés, et nous envoyâmes chercher la police locale. Voilà vraiment tout ce que je peux vous dire, messieurs, et j'espère qu'il ne me sera pas nécessaire de le redire encore une fois.

– Avez-vous une question à poser, monsieur Holmes ? demanda Hopkins.

– Je n'imposerai pas à la patience et au temps de lady Brackenstall une nouvelle épreuve, dit Holmes. Avant de me rendre dans la salle à manger, je serais heureux d'entendre votre témoignage.

Il s'adressait à la femme de chambre.

– J'ai aperçu les voleurs avant qu'ils n'entrent dans la maison, dit-elle. J'étais assise près de la fenêtre de ma chambre et j'ai vu au clair de lune trois hommes non loin de la grille du parc. Sur le moment je n'y ai pas prêté attention. C'est une heure plus tard que j'ai entendu crier ma maîtresse. Alors je suis descendue en courant et je l'ai trouvée, pauvre agnelle, comme elle vous l'a dit. Et lui était couché par terre, sa cervelle et son sang répandus dans la pièce. C'était suffisant pour provoquer l'évanouissement d'une femme, ligotée là, avec sa robe toute tachée de ce sang. Mais elle n'a jamais manqué de courage quand elle était Mlle Mary Fraser d'Adélaïde, et lady Brackenstall du manoir de l'Abbaye est restée pareille. Vous l'avez interrogée assez longtemps, vous, messieurs ! Maintenant elle va regagner sa chambre, avec sa vieille Theresa, pour prendre le repos dont elle a tant besoin !

Avec une tendresse maternelle, la vieille servante passa un bras autour de la taille de sa maîtresse et l'entraîna hors du salon.

– Depuis toujours, elle est avec elle ! expliqua Hopkins. Elle a été sa nourrice, puis elle l'a accompagnée en Angleterre quand elles partirent d'Australie il y a dix-huit mois. Elle s'appelle Theresa Wright, et c'est ce genre de femme de chambre qu'on ne trouve plus aujourd'hui. Par ici, monsieur Holmes, s'il vous plaît.

L'expression de Holmes laissait deviner qu'avec le mystère tout le charme de l'aventure s'en était allé. Il restait une arrestation à effectuer, mais il n'avait pas à s'en mêler. Pourtant le spectacle dans la salle à manger du manoir de l'Abbaye était assez singulier pour retenir son attention et ressusciter l'intérêt évanoui.

C'était une pièce monumentale : très haute et très grande. Le plafond était lambrissé de chêne. Les murs étaient joliment décorés de têtes de cerf et d'armes anciennes. Face à la porte il y avait la porte-fenêtre dont nous avions entendu parler. Trois fenêtres plus petites, sur le mur de droite, laissaient filtrer la pâle lumière d'un soleil d'hiver. A gauche se dressait une immense cheminée très profonde, surplombée par un chambranle en chêne massif. Un lourd fauteuil de chêne à tapisserie armoriée trônait à côté ; un cordon pourpre était passé entre les barres de bois ; il avait été attaché par chaque extrémité à la barre transversale. Pour se libérer, lady Brackenstall avait fait glisser ses liens, mais les nœuds n'avaient pas été défaits, et ils étaient intacts. C'est seulement plus tard que ces détails retinrent notre attention. Pour l'instant elle était accaparée par l'image terrible du corps étendu sur la peau d'ours devant la cheminée.

C'était le corps d'un homme de grande taille, qui pouvait avoir quarante ans. Il gisait sur le dos, le visage tourné vers la lumière. Ses dents blanches luisaient dans sa courte barbe noire. Ses deux mains crispées étaient levées au-dessus de la tête, et le gourdin d'épine était encore posé en travers. Ses nobles traits aquilins étaient déformés, convulsés par un rictus de haine vindicative qui donnait à la physionomie de ce mort un aspect diabolique. Il était certainement au lit quand un bruit l'avait alerté, car il portait une élégante chemise de nuit, et ses pieds nus émergeaient de ses pantalons. Il avait à la tête une horrible blessure. Toute la pièce témoignait de la fureur sauvage du coup qui l'avait abattu. A côté du cadavre, le lourd tisonnier s'était courbé sous le choc. Holmes l'examina ainsi que la blessure.

– Ce vieux Randall doit être costaud ? fit-il.

– Oui, dit Hopkins. D'après ce dont je me souviens, il n'a rien d'un client commode !

– Pour le capturer, pas de difficultés en vue ?

– Pas la moindre. Nous l'avions tenu un moment sous surveillance, et nous avions cru qu'il était parti pour l'Amérique. Mais maintenant que nous savons que la bande est par ici, je ne vois pas comment ils pourraient nous échapper. Nous avons alerté déjà tous les ports ; d'ici ce soir, une récompense sera offerte. Ce que je n'arrive pas à comprendre, c'est pourquoi ils ont fait cela, sachant fort bien que lady Brackenstall donnerait leur description et que nous les identifierions à coup sûr.

– Très juste. Il aurait été plus normal qu'ils se fussent débarrassés aussi de lady Brackenstall.

– Ils ne se sont sans doute pas rendu compte, suggérai-je, qu'elle avait repris connaissance.

– Vraisemblablement. Si elle leur a donné l'impression qu'elle était toujours évanouie, ils l'ont épargnée. Que savez-vous sur ce pauvre diable, Hopkins ? Je me rappelle vaguement qu'il courait d'étranges histoires sur son compte.

– Quand il était sobre il avait bon cœur, mais quand il avait bu c'était un vrai démon. Ou plutôt : quand il était à moitié ivre, car il allait rarement jusqu'au bout de l'ivrognerie. Mais à de pareils moments, il agissait comme s'il avait porté le diable en lui, il était capable de tout. D'après ce que je connais, il a bien failli de temps à autre, en dépit de sa fortune et de son titre, nous mettre dans l'obligation de nous occuper de lui. Il y a eu un scandale à propos d'un chien qu'il a inondé d'essence et qu'il a brûlé vif... le chien de lady Brackenstall, ce qui n'arrangea rien entre eux ! L'affaire fut étouffée, mais pas sans mal. Une autre fois, il a lancé à la tête de Theresa Wright une carafe de vin. Il fallut encore arranger les choses. Entre nous, la maison sera plus vivable maintenant ! Que regardez-vous ?

Holmes, à genoux, examinait avec une vive attention les nœuds du cordon rouge avec lequel lady Brackenstall avait été ligotée. Puis il inspecta soigneusement la rupture à l'endroit où le cambrioleur l'avait arrachée.

– Quand il a tiré dessus pour l'arracher, observa-t-il, la sonnerie de la cuisine a dû faire un beau vacarme.

– Personne ne pouvait l'entendre. La cuisine est tout au fond de la maison.

– Comment le cambrioleur savait-il que personne ne l'entendrait ? Comment a-t-il osé tirer le cordon de sonnette avec autant d'insouciance ?

– Exactement, monsieur Holmes, exactement ! Vous venez de soulever un problème que je me suis posé moi aussi. Il est hors de doute que cet individu était au fait des habitudes d'ici et connaissait la maison. Il devait certainement savoir que les domestiques seraient tous couchés à cette heure relativement peu tardive, et que personne n'entendrait la sonnette dans la cuisine. Donc il a reçu les confidences d'un valet. C'est évident ! Mais il y a ici huit domestiques, tous de confiance.

– Toutes choses étant égales, dit Holmes, le soupçon devrait se porter naturellement sur celle à la tête de qui son maître a lancé un carafon. Et pourtant, cette complicité impliquerait une trahison à l'égard d'une maîtresse pour qui elle semble manifester une grande dévotion. Après tout, ce point est peu important. Quand vous aurez mis la main sur Randall, il ne vous sera sans doute pas bien difficile d'arrêter ses complices. Le récit de lady Brackenstall paraît être confirmé, pour autant qu'il ait besoin de l'être, par tout ce que nous pouvons voir ici...

Il alla vers la porte-fenêtre et l'ouvrit.

–... Aucune empreinte par terre, mais le sol glacé est dur comme fer. Il ne faut donc pas s'en étonner. Je vois que ces bougies sur la cheminée ont été allumées.

– Oui. C'est grâce à celles-ci et à celles de la chambre de lady Brackenstall que les cambrioleurs ont trouvé leur chemin.

– Et qu'ont-ils emporté ?

– Ma foi, pas grand-chose : une demi-douzaine d'objets de vaisselle dans le buffet. Lady Brackenstall pense qu'ils étaient affolés par la mort de Sir Eustace, ce qui les a empêchés de piller la maison.

– Qu'ils auraient évidemment pillée en toute autre occasion ! Et ils ont bu du vin, je crois ?

– Pour calmer leurs nerfs.

– Bien sûr ! Ces trois verres sur le buffet n'ont pas été touchés, je suppose ?

– Non. Et la bouteille non plus.

– Voyons un peu... Tiens, tiens ! Que veut dire ceci ?

Les trois verres étaient rassemblés. Ils étaient teintés par le vin. L'un d'eux contenait quelques pellicules comme on en voit dans du vieux porto. La bouteille était placée à côté, pleine aux deux tiers. Le bouchon était long, très coloré. La poussière sur la bouteille et l'aspect de ce vénérable bouchon indiquaient clairement que les assassins ne s'étaient pas contentés d'un vin ordinaire.

L'attitude de Holmes se transforma soudain. Ses yeux éteints se rallumèrent. Il prit le bouchon et l'examina minutieusement.

– Comment l'ont-ils retiré ? demanda-t-il.

Hopkins désigna un tiroir entrouvert où l'on apercevait du linge de table et un gros tire-bouchon.

– Lady Brackenstall vous a-t-elle dit qu'ils se sont servis du tire-bouchon ?

– Non. Rappelez-vous : elle était évanouie au moment où ils ont débouché la bouteille.

– C'est vrai. En fait, ils ne se sont pas servis de ce tire-bouchon. C'est un tire-bouchon de poche qui a été utilisé, sans doute l'un de ceux qui sont adaptés sur un canif ou un couteau. Il n'avait pas plus de cinq centimètres de long. Si vous examinez le haut du bouchon vous remarquerez que le tire-bouchon a été enfoncé trois fois avant que le bouchon n'ait pu être extrait. Le bouchon n'a pas été transpercé de part en part. Or ce long tire-bouchon l'aurait transpercé et en une fois il serait venu à bout du bouchon. Quand vous attraperez votre meurtrier, vous constaterez qu'il possède un couteau à multiples usages.

– Bravo ! fit Hopkins.

Mais ces verres m'intriguent, je l'avoue. Lady Brackenstall a bien vu boire les trois hommes, n'est-ce pas ?

– Oui, elle a été formelle là-dessus.

– Alors n'en parlons plus ! Et pourtant ces verres sont dignes d'intérêt, Hopkins ! Comment, vous ne voyez pas pourquoi ? Bon, bon, passons ! Il se peut après tout qu'un homme qui a quelques connaissances particulières et des facultés non moins particulières incline à chercher midi à quatorze heures... Bien sûr, ce doit être un hasard, ces verres ! Hé bien ! au revoir, Hopkins. Je ne vois pas quels services je pourrais vous rendre, puisque l'affaire paraît si claire... Faites-moi savoir quand Randall sera arrêté, et, s'il y a des développements imprévus, avertissez-moi. J'espère que je pourrai bientôt vous féliciter de votre succès. Venez, Watson ; sans doute nous occuperons-nous d'une manière plus profitable à Baker Street qu'ici.

Au cours de notre voyage de retour, je remarquai que Holmes était très intrigué par une observation qu'il avait faite. Au prix d'un effort, il parlait de l'affaire comme s'il ne subsistait rien d'obscur, puis des doutes le reprenaient et je voyais son front se plisser, ses yeux se vider de toute expression : son esprit le ramenait au manoir de l'Abbaye, dans la grande salle à manger qui avait été le théâtre du drame de minuit. Enfin, dans une impulsion soudaine, au moment où notre train démarrait d'une gare de banlieue, il bondit sur le quai et m'entraîna derrière lui.

– Excusez-moi, mon cher ami ! s'écria-t-il pendant que nous regardions les derniers wagons du convoi disparaître dans un virage. Je suis désolé de faire de vous une victime de ce qui peut vous sembler un simple caprice. Mais sur mon âme, Watson, je vous jure qu'il m'est impossible d'abandonner une affaire dans ces conditions. Tous mes instincts s'accordent pour protester.

Tout est faux ! Oui, tout est faux... J'en ferais le serment : il y a tromperie ! Et pourtant l'histoire de lady Brackenstall était sans failles, sa confirmation par la femme de chambre suffisante, tout était presque exact. Qu'ai-je à opposer à cela ? Trois verres de vin, un point c'est tout. Mais si je n'avais pas considéré les choses comme sûres et certaines, si j'avais procédé à mes examens avec le soin que j'aurais déployé si nous avions abordé l'affaire l'esprit libre, sans histoires toutes faites pour me brouiller la cervelle, n'aurais-je pas alors découvert une piste sur laquelle nous aurions pu galoper ? Bien sûr que si ! Asseyons-nous sur ce banc, Watson, jusqu'à l'arrivée d'un train pour Chislehurst, et permettez-moi de vous énumérer les faits d'évidence... A une condition pourtant : chassez de votre esprit l'idée que les récits de la maîtresse et de la femme de chambre sont forcément véridiques. La charmante personnalité de lady Brackenstall ne doit pas porter atteinte à notre jugement.

« Il y a des détails dans son histoire qui, si nous y réfléchissions de sang-froid, éveilleraient nos soupçons. L'autre semaine, ces cambrioleurs à Sydenham firent beaucoup de tapage. On a parlé d'eux dans les journaux, on a communiqué leur signalement. Naturellement, si quelqu'un voulait inventer une histoire, ils étaient tout indiqués pour jouer le rôle de cambrioleurs. Mais en règle générale, les cambrioleurs qui ont réussi un joli coup sont trop heureux d'en profiter en paix et ne s'embarquent pas de sitôt dans une deuxième aventure périlleuse. D'autre part, les voleurs opèrent plus tard. Par ailleurs, des cambrioleurs se garderaient bien de frapper une femme pour l'empêcher de crier, car ils savent que c'est au contraire le meilleur moyen de lui arracher des cris. Ajoutez à cela qu'ils ne tuent pas lorsqu'ils sont suffisamment nombreux pour maîtriser un homme. Également, ils n'ont pas l'habitude de se contenter d'un maigre butin quand ils n'ont que l'embarras du choix pour piller. Enfin, je soutiens que des gaillards pareils n'abandonnent jamais une bouteille avant de l'avoir vidée complètement. Que pensez-vous de ces anomalies, Watson ?

– Leur effet cumulatif est évidemment considérable. Toutefois chacune prise à part est tout à fait plausible. Il me semble que la plus forte anomalie est que lady Brackenstall ait été ligotée sur le fauteuil.

–Je ne suis pas sûr que ce soit une chose extraordinaire, Watson, car de deux choses l'une : ou bien ils devaient la tuer, ou bien ils devaient l'attacher solidement afin qu'elle ne donnât pas l'alarme trop tôt après leur départ. Mais, de toute façon, n'ai-je pas montré que l'histoire de lady Brackenstall comportait un certain élément d'improbabilité ? Or voici que pour comble apparaît ce détail des verres de vin.

– Hé bien ! quoi ! Ces verres de vin...

– Les revoyez-vous avec les yeux de la mémoire ?

– Très distinctement.

– On nous a dit que les trois hommes avaient bu chacun dans son verre. Trouvez-vous cela vraisemblable ?

– Pourquoi pas ? Il restait encore quelques gouttes de vin dans chaque verre.

– Oui. Mais il n'y avait de pellicules de porto que dans un seul des verres. Vous l'avez remarqué. Qu'est-ce que ce détail vous suggère ?

– Le verre qui a été rempli le dernier peut fort bien avoir reçu des pellicules, et pas les deux premiers.

– Non. La bouteille était pleine de pellicules. Il est donc inconcevable que les deux premiers verres en aient été exempts et le troisième abondamment pourvu. Il y a deux explications possibles, et deux seulement. La première est que, une fois le deuxième servi, la bouteille a été violemment secouée, si bien que le troisième a reçu des pellicules. Explication qui paraît douteuse... Non, non ! Je suis sûr que j'ai raison.

– Que supposez-vous, alors ?

– Que deux verres seulement ont été utilisés et que les fonds de ces deux verres ont été versés dans un troisième pour donner l'impression mensongère que trois personnes étaient là. Dans ce cas, toutes les pellicules seraient tombées dans le dernier verre, n'est-ce pas ? Oui, je suis persuadé que les choses se sont passées ainsi ! Mais si mon explication de cet insignifiant phénomène est juste, du coup l'affaire cesse d'être banale, et elle devient très intéressante, puisqu'il ressortirait que lady Brackenstall et sa femme de chambre ont menti dans leurs dépositions, qu'il n'y a pas un mot de vrai dans ce qu'elles nous ont dit, et qu'elles ont une raison majeure pour protéger le criminel réel, donc que nous devons reconsidérer l'affaire sans leur aide. Et pour cette mission qui nous attend, Watson, voilà le train de Chislehurst.

Notre retour surprit considérablement le manoir de l'Abbaye. Stanley Hopkins était parti pour faire son rapport à Scotland Yard. Sherlock Holmes prit donc possession de la salle à manger, s'enferma à l'intérieur et consacra deux bonnes heures à l'une de ces investigations patientes et minutieuses sur lesquelles il étayait ensuite ses brillants édifices déductifs. Assis dans un coin comme un étudiant qui observe avec intérêt la démonstration de son professeur, je suivis pas à pas cette recherche passionnante. La porte-fenêtre, les rideaux, le tapis, le fauteuil, le cordon, tout fut inspecté tour à tour. Le corps de l'infortuné Sir Eustace avait été retiré ; à cette seule exception près, les choses étaient restées telles que nous les avions vues le matin. Puis, à ma stupéfaction, Holmes grimpa sur le chambranle de la cheminée. Au-dessus de sa tête pendaient quelques centimètres de cordon rouge qui était demeuré attaché au fil de la sonnette. Pendant un long moment il le contempla. Puis il voulut s'en approcher davantage et il posa son genou sur une console en bois accrochée au mur. Sa main parvint tout près du bout du cordon. Mais ce fut sur la console que son attention se porta surtout. Finalement il sauta à terre et poussa une exclamation de satisfaction.

— Tout va bien, Watson ! L'affaire est dans le sac. Une affaire qui comptera parmi les plus intéressantes de notre collection. Mais, mon Dieu, comme j'ai eu l'esprit lent ! Et comme j'ai été près de commettre la gaffe de ma vie ! Maintenant, je crois qu'avec quelques maillons qui me manquent encore ma chaîne sera complète.

— Vous avez vos hommes ?

— Mon homme, Watson. Un homme. Mais formidable ! Fort comme un lion : regardez plutôt comment d'un coup il a plié le tisonnier ! Il mesure un mètre quatre-vingt-dix, il est agile comme un écureuil, il est habile de ses doigts. En outre il a l'esprit remarquablement vif, car c'est lui l'auteur de toute cette ingénieuse histoire. Oui, Watson, nous sommes tombés sur un individu de grande classe. Et cependant, dans ce cordon de sonnette, il nous a donné l'indice qui devait lever tous nos doutes.

— Où, l'indice ?

— Voyons, Watson, si vous arrachiez un cordon de sonnette, où la cassure se produirait-elle naturellement ? A l'endroit où le cordon est attaché au fil. Pourquoi celui-ci s'est-il cassé à une dizaine de centimètres plus bas ?

— Parce qu'il était abîmé là ?

— Exactement. Ce bout de cordon sur le fauteuil, que nous pouvons examiner, est abîmé, effiloché. L'homme a été assez astucieux pour le taillader avec son couteau. Mais l'autre bout près du fil n'est pas abîmé. Vous ne pouvez pas le voir d'où vous êtes, mais si vous montiez sur la cheminée vous vous apercevriez qu'il est coupé net sans aucune trace d'effilochage. Reconstituons ce qui est arrivé. L'homme avait besoin du cordon. Il ne voulait pas l'arracher brutalement par peur d'alerter les domestiques en déclenchant la sonnerie. Qu'a-t-il fait ? Il est grimpé sur la cheminée, il n'a pas pu atteindre tout à fait le bout du cordon, il a posé son genou sur la console... La trace en est restée imprimée dans la poussière... Et il a sorti son canif pour taillader le cordon. Comme il s'en faut de dix centimètres que j'aie pu atteindre ce bout, j'en déduis qu'il mesure au moins dix centimètres de plus que moi. Regardez cette marque sur le siège de ce fauteuil en chêne ! Qu'est-ce ?

– Du sang.

– Bon, du sang. Ceci seul détruit toute la version de lady Brackenstall. Si elle était assise sur le fauteuil quand le crime a été commis, comment cette trace de sang serait-elle venue ? Non, non ! Elle a été placée sur le fauteuil après la mort de son mari. Je parierais que la robe de dîner porte une marque correspondante ! Nous n'en sommes pas encore à la victoire totale, Watson, mais voici notre Marengo, qui commença par une défaite et se termina par un succès. J'aimerais bien dire deux mots à cette Theresa. Mais il nous faudra être circonspects si nous voulons obtenir les dernières informations qui nous manquent.

Cette sévère gouvernante australienne était une personnalité très intéressante. Taciturne, méfiante, désagréable, elle mit du temps à se dégeler devant les manières aimables de Holmes et la disposition qu'il affichait de la croire sur parole. Enfin elle se départit de sa réserve. Elle n'essaya nullement de dissimuler la haine qu'elle portait à feu Sir Eustace.

– Oui, monsieur, c'est vrai, l'histoire de la carafe qu'il m'a lancée à la tête. Je l'avais entendu insulter ma maîtresse et je lui avais dit qu'il ne lui parlerait pas sur ce ton si le frère de Madame était présent. Il aurait bien pu me jeter une douzaine de carafes à la tête pourvu qu'il laisse en paix mon pauvre petit oiseau. Il était parti pour la maltraiter toute sa vie, et elle, monsieur, était bien trop fière pour se plaindre. A moi-même, elle ne racontait pas tout ce qu'il lui faisait. Elle ne m'avait jamais parlé de ces marques sur le bras que vous avez vues ce matin. Mais je peux bien vous le certifier d'où elles viennent : d'un coup d'épingle à chapeau ! Ce maudit démon sournois... Que le Ciel me pardonne de ne pas tenir ma langue puisqu'il est mort !... Mais c'était un vrai démon, Satan en personne ! Quand nous l'avons connu, il était tout miel. Cela remonte à dix-huit mois. Il nous avait à toutes deux donné l'impression qu'il était un gamin de dix-huit ans. Elle venait d'arriver à Londres. Oui, c'était son premier voyage : elle n'avait jamais quitté sa maison auparavant. Il l'a conquise avec son titre, son argent, ses hypocrites manières londoniennes. Si elle s'est trompée, elle a payé ! A quel mois nous avons fait sa connaissance ? Hé bien ! juste après notre arrivée. Nous sommes arrivées en juin, ils se sont rencontrés en juillet, et les noces ont été célébrées en janvier de l'an dernier. Oui, elle est redescendue dans son petit salon, et elle vous recevra bien volontiers, mais ne lui en demandez pas trop, car elle a supporté tout ce que la chair et le sang peuvent supporter.

Lady Brackenstall reposait sur le même canapé, mais elle avait meilleure mine que le matin. La femme de chambre était entrée avec nous, et elle recommença à soigner la plaie qui ornait toujours le front de sa maîtresse.

– J'espère, dit lady Brackenstall, que vous n'êtes pas revenus pour m'interroger encore ?

– Non, répondit Holmes de sa voix la plus douce. Je ne vous causerai pas de soucis inutiles, lady Brackenstall. Je ne désire qu'une chose : tout vous faciliter, car je suis convaincu que vous avez été très éprouvée. Si vous consentez à me traiter en ami et à vous fier à moi, vous constaterez que je justifierai cette confiance.

– Que voulez-vous que je fasse ?

– Me dire la vérité.

– Monsieur Holmes !

– Non, lady Brackenstall. Ce n'est pas la peine ! Peut-être avez-vous entendu parler de ma petite réputation. Je la joue tout entière sur le fait que votre histoire est entièrement inventée.

La maîtresse et la femme de chambre fixèrent Holmes avec des yeux épouvantés.

– Vous êtes un effronté ! cria Theresa. Voulez-vous dire que ma maîtresse a menti ?

Holmes se leva.

– Vous n'avez rien à me dire ?

– Je vous ai tout dit.

– Réfléchissez, lady Brackenstall !Ne vaudrait-il pas mieux être sincère ?

Un instant, l'hésitation se lut sur le beau visage pâli. Mais une force nouvelle lui imposa de reprendre son masque.

– Je vous ai dit tout ce que je savais.

Holmes prit son chapeau et haussa les épaules.

– Je regrette ! fit-il.

Sans ajouter un mot, nous quittâmes le salon et le manoir. Il y avait dans le parc un étang, et mon ami se dirigea par là. L'étang était gelé, mais il y avait un trou dans la glace pour les ébats d'un cygne solitaire. Holmes le contempla, puis nous passâmes la grille. Chez la concierge il écrivit une courte lettre pour Stanley Hopkins, qu'il laissa dans la loge.

– Peut-être le coup est-il réussi, peut-être est-il manqué, mais nous sommes obligés de faire quelque chose pour l'ami Hopkins, ne serait-ce que pour justifier notre deuxième visite, dit Holmes. Je ne le mets pas tout à fait dans la confidence. Je pense que notre prochain théâtre d'opérations doit être le bureau de la ligne maritime Adélaïde- Southampton, qui se trouve, je crois, au bout de Pall Mall. Il existe une deuxième ligne de paquebots, mais nous allons d'abord nous adresser à la plus importante.

Holmes fit passer sa carte au directeur, qui se montra fort complaisant et qui nous fournit rapidement les renseignements dont nous avions besoin. En juin 1895, un seul navire de la ligne avait atteint un port anglais. En se référant à la liste des passagers, il nous apprit que Mlle Fraser, d'Adélaïde, avait fait avec sa femme de chambre la traversée à son bord. Le bateau voguait à présent vers l'Australie, il devait se trouver quelque part au sud du canal de Suez. Ses officiers étaient les mêmes qu'en 1895, à l'exception d'un seul. Le premier officier, M. Jack Croker, avait été nommé capitaine et devait assumer le commandement d'un nouveau navire, le Bass-Rock, qui devait quitter Southampton le surlendemain. Il habitait à Sydenham, mais il passerait certainement bientôt pour prendre des ordres. Si nous désirions lui parler, nous pouvions l'attendre.

Non. M. Holmes ne désirait pas le voir. Mais il serait heureux de connaître ses états de service et son caractère.

Ses états de service étaient splendides. Il n'y avait pas un officier de la marine marchande pour rivaliser avec lui. Quant au caractère, il était parfait en mer ; mais, à terre, violent, risque-tout, bouillant, irascible ; et cependant loyal, honnête, bon.

Nanti de ces renseignements, Holmes quitta le bureau de la ligne Adélaïde-Southampton. Il héla un fiacre et donna l'adresse de Scotland Yard. Mais, au lieu d'entrer, il demeura assis dans la voiture, les sourcils froncés, méditatif. Finalement, il donna au cocher l'ordre de nous déposer au bureau de poste de Charing Cross, expédia un message, et nous rentrâmes à Baker Street.

– Non, Watson, je n'ai pas pu le faire ! me dit-il dès que nous fûmes de retour chez nous. Si un mandat était lancé, rien sur la terre ne pourrait plus le sauver. Une ou deux fois déjà dans ma carrière j'ai senti que j'avais commis plus de mal véritable en découvrant le criminel qu'il n'en avait fait, lui, par son crime. J'ai donc appris la prudence et je préfère jouer des tours à la loi anglaise plutôt qu'à ma propre conscience. Avant d'agir, attendons d'en savoir un peu plus.

La journée n'était pas terminée que nous reçûmes la visite de l'inspecteur Stanley Hopkins. Il avait l'air déprimé.

– Vous êtes un sorcier, monsieur Holmes. Parfois je crois que vous possédez des facultés suprahumaines. Comment diable avez-vous su que l'argenterie volée se trouvait au fond de l'étang ?

–Je ne le savais pas.

– Mais vous m'avez dit de le draguer.

– Alors vous l'avez trouvée ?

– Oui, je l'ai trouvée.

–Je suis très heureux de vous avoir aidé.

– Mais vous ne m'avez pas aidé ! Vous avez rendu toute l'affaire infiniment plus compliquée. Quels sont ces cambrioleurs qui volent de l'argenterie et puis qui vont la jeter au fond de l'étang le plus proche ?

– C'est en effet un comportement assez excentrique ! Je m'étais abandonné à l'idée que l'argenterie avait été prise par des gens qui n'en avaient pas besoin, qui simplement l'avaient volée pour simuler un cambriolage, et qui naturellement désiraient s'en débarrasser.

– Mais pourquoi une telle idée vous est-elle venue à l'esprit ?

– Ma foi, j'ai pensé qu'elle n'était pas impossible. Quand ils sont sortis par la porte-fenêtre, ils ont vu l'étang, avec un petit trou tentant dans la glace juste sous leur nez. Pouvait-il y avoir une meilleure cachette ?

– Ah ! une cachette ?... Voilà mieux ! s'écria Hopkins. Oui, je comprends tout, à présent. Il était de bonne heure, il y avait encore du monde sur les routes, ils ont eu peur d'être repérés avec cette argenterie, et ils l'ont jetée dans l'étang avec l'idée d'y revenir quand le coin ne serait plus surveillé. Bravo, monsieur Holmes ! C'est mieux que votre idée d'une feinte.

– N'est-ce pas ? Voilà une théorie admirable. Les miennes étaient plutôt erronées, mais enfin elles vous ont permis de découvrir l'argenterie.

– Oui, monsieur, oui ! C'est vous qui avez tout fait. Mais j'ai un coup dur.

– Un coup dur ?

– Oui, monsieur Holmes. Le gang des Randall a été arrêté ce matin... à New York.

– Mon Dieu, Hopkins ! Cet événement s'accorde mal avec votre thèse selon laquelle ils ont commis un assassinat dans le Kent la nuit dernière.

– C'est terrible, monsieur Holmes ! Terriblement décisif ! Heureusement, il y a d'autres gangs à trois que les Randall ; et il s'en est peut-être constitué un que la police ne connaît pas.

– Bien sûr ! C'est tout à fait possible. Comment, vous partez ?

– Oui, monsieur Holmes. Il n'y aura pas de repos pour moi tant que je n'aurai pas découvert le fin mot de l'affaire. Je suppose que vous n'avez pas de tuyau à me donner ?

– Je vous en ai donné un.

– Lequel ?

– Je vous ai suggéré une feinte.

– Mais pourquoi, monsieur Holmes, pourquoi ?

– Ah ! c'est toute la question, évidemment ! Mais je vous recommande cette suggestion. Peut-être finirez-vous par trouver qu'elle n'est pas si oiseuse qu'elle en a l'air. Vous ne restez pas dîner ? Hé bien ! bonsoir ! Tenez-nous au courant.

Nous avions fini de dîner et la table était desservie avant que Holmes ne fit une nouvelle allusion à l'affaire. Il avait allumé sa pipe et il avait allongé ses jambes près du feu. Soudain il regarda sa montre.

– J'attends les suites, Watson.

– Pour quand ?

– Pour maintenant. Dans quelques minutes. Dites, vous trouvez que j'ai mal agi vis-à-vis de Stanley Hopkins ?

– Je me fie à votre jugement.

– Réponse très sensée, Watson ! Considérez les choses sous cet angle : ce que je sais n'est pas officiel ; ce qu'il sait est officiel. J'ai le droit d'avoir un jugement personnel, privé. Lui, non. Il faut qu'il rapporte tout, sinon il trahit son mandat. Dans un cas douteux, je ne l'aurais pas placé dans une situation aussi pénible. Je réserve mes informations jusqu'à ce que toute l'affaire soit bien éclaircie dans mon esprit.

– Mais quand sera-ce ?

– Maintenant. Vous allez assister à la dernière scène de ce petit drame remarquable.

Des pas résonnèrent dans notre escalier, et notre porte livra passage à l'un des plus beaux types d'hommes qui l'aient jamais franchie. Il était jeune, grand, blond avec des moustaches dorées, il avait les yeux bleus et une peau brûlée par le soleil des tropiques, son pas élastique montrait qu'il était aussi leste que fort. Il referma la porte derrière lui, puis se tint debout les mains crispées, haletant, en proie à une émotion bouleversante.

– Asseyez-vous, capitaine Croker. Vous avez reçu mon télégramme ?

Notre visiteur sombra dans un fauteuil et nous regarda alternativement avec des yeux interrogatifs.

– J'ai reçu votre télégramme et je suis venu à votre heure. J'ai appris que vous étiez passé au bureau. Il n'y a pas moyen de vous échapper. Je suis prêt à entendre le pire. Qu'allez-vous faire de moi ? M'arrêter ? Parlez, monsieur ! Vous n'allez pas jouer avec moi comme le chat avec une souris !

– Donnez-lui un cigare, me dit Holmes. Mordez ça, capitaine Croker, et ne vous laissez pas entraîner par vos nerfs. Je ne resterais pas assis avec vous, je ne fumerais pas un cigare avec vous si je pensais que vous étiez un vulgaire criminel, croyez-moi ! Soyez sincère, et nous pourrons vous faire du bien. Rusez avec moi, et je vous réduirai en miettes.

– Que me voulez-vous ?

– Je voudrais que vous me donniez une version vraie de tout ce qui s'est passé au manoir de l'Abbaye la nuit dernière. Une version vraie, s'il vous plaît ! Sans rien ajouter et sans rien retrancher. J'en connais déjà suffisamment pour que, si vous vous écartez d'un pouce de la ligne droite, j'appelle la police par ce sifflet à travers la fenêtre, et votre affaire cessera pour toujours de dépendre de moi seul.

Le marin réfléchit un instant. Puis il se frappa la jambe de sa grande main hâlée.

– Je joue cette chance ! s'écria-t-il. Je crois que vous êtes un homme d'honneur, un homme propre, et je vous dirai toute l'histoire. Mais d'abord ceci. En ce qui me concerne, je ne regrette rien, je ne crains rien, je le referais si c'était à refaire, et j'en serais fier. Mais c'est Mary… Mary Fraser, car jamais je ne l'appellerai de cet autre nom maudit. L'idée de lui créer des ennuis, à moi qui donnerais ma vie pour amener un sourire sur son doux visage, voilà ce qui me rend fou. Et pourtant… Et pourtant, pouvais-je agir autrement ? Je vais vous dire mon histoire, messieurs, et puis je vous demanderai, d'homme à homme, si je pouvais agir autrement.

« Il faut que je revienne un peu en arrière. Vous paraissez tout savoir. Je pense donc que vous n'ignorez pas que je l'ai rencontrée pour la première fois à bord du Rock-of-Gibraltar ; elle y était passagère et moi officier en premier. Depuis le jour où je l'ai vue, elle est devenue la femme de ma vie. Et chaque jour, au long de cette traversée, je l'ai aimée davantage. Bien des fois il m'est arrivé de m'agenouiller dans l'obscurité pendant un quart de nuit et de baiser le pont du bateau parce que ses pas l'avaient foulé. Nous n'avons échangé aucune promesse. Elle m'a traité aussi honnêtement que jamais femme traita un homme épris. Je n'ai pas à me plaindre. De mon côté c'était l'amour, rien que l'amour. Du sien c'était de l'amitié, de la bonne camaraderie.

Quand le voyage prit fin, elle était demeurée une femme libre, mais moi je ne pouvais plus jamais être un homme libre.

« Quand je revins d'un deuxième voyage, j'appris son mariage. Mais pourquoi n'aurait-elle pas épousé celui qui lui plaisait ? Un titre de noblesse, de l'argent, quelle femme en était plus digne ? Elle était née pour tout ce qui est beau et délicat. Je ne me lamentai pas sur son mariage. Je n'étais pas égoïste. Je me suis réjoui de ce qu'elle avait trouvé le bonheur, et mieux qu'un marin sans le sou. Voilà comment j'aimais Mary Fraser.

« Hé bien ! je croyais ne plus jamais la revoir ! Mais après le dernier voyage, j'ai été promu capitaine, le nouveau bateau n'était pas encore lancé, j'avais deux mois à attendre en famille à Sydenham. Un jour, en me promenant dans la campagne, je suis tombé sur Theresa Wright, sa vieille gouvernante. Elle m'a parlé d'elle, de lui, de tout. Je vous le jure, messieurs, j'ai failli en devenir enragé. Ce chien, qui se permettait de lever la main sur elle alors qu'il n'était pas digne de lacer ses chaussures ? J'ai revu Theresa. Puis j'ai revu Mary. Je l'ai vue et revue... Jusqu'au jour où elle n'a plus voulu me revoir. Mais comme j'avais reçu une note m'avisant que je devrais embarquer dans huit jours, alors j'ai décidé de la revoir une fois encore avant de partir. Theresa avait toujours été bien disposée à mon égard, car elle aimait Mary et haïssait presque autant que moi son bandit de mari. Elle m'a indiqué comment entrer dans le manoir. Mary avait l'habitude de lire tard dans son petit salon au rez-de-chaussée. Cette nuit-là j'ai rampé jusque-là et j'ai gratté à la fenêtre. D'abord elle n'a pas voulu m'ouvrir ; mais je connais à présent son cœur : elle m'aime, elle n'aurait pas voulu m'abandonner à cette nuit glaciale. Elle m'a chuchoté de faire le tour et d'aller devant la porte-fenêtre, que j'ai trouvée ouverte ; j'ai pu me glisser dans la salle à manger. A nouveau j'ai entendu de sa bouche des choses qui m'ont mis le sang en ébullition, et j'ai encore une fois maudit la brute qui maltraitait la femme que j'aimais. Hé bien ! messieurs, j'étais debout près d'elle dans l'embrasure de la porte-fenêtre, en toute honnêteté, j'en prends Dieu à témoin, quand tout à coup il s'est précipité dans la pièce, l'a traitée des noms les plus grossiers, et l'a frappée à la tête d'un coup du gourdin qu'il tenait à la main. J'ai bondi sur le tisonnier. Le combat entre nous était égal. Regardez mon bras : voilà où est tombé son premier coup. Ensuite ç'a été mon tour : j'y suis allé de bon cœur, comme si j'avais tapé sur une citrouille. Vous croyez peut-être que j'en ai eu du remords ? Oh ! non ! C'était ou sa vie ou la mienne. Et mieux encore : c'était ou sa vie, à lui ; ou sa vie, à elle. Car comment aurais-je pu la laisser au pouvoir de ce furieux ? Donc je l'ai tué. Avais-je tort ? Ma foi, messieurs, qu'auriez-vous fait à ma place ?

« Elle avait crié quand il l'avait frappée. La vieille Theresa aussitôt était accourue. Il y avait une bouteille de vin sur le buffet. Je l'ai débouchée et j'en ai versé quelques gouttes entre les lèvres de Mary. car elle était à demi morte d'émotion. Puis j'en ai bu aussi un peu. Theresa avait gardé tout son sang-froid : elle a monté la comédie autant que moi. Nous devions faire croire que c'étaient des cambrioleurs qui avaient tué le mari. Theresa répétait sans se lasser sa leçon à sa maîtresse, tandis que je grimpais pour couper le cordon de sonnette. Puis je l'ai ligotée au fauteuil, j'ai tailladé l'extrémité du cordon pour ajouter à la vraisemblance ; sinon, on se serait demandé comment un cambrioleur aurait pu grimper pour le couper. J'ai pris quelques pièces d'argenterie afin de confirmer la thèse d'un vol, et je les ai laissées en leur disant de ne donner l'alarme qu'un quart d'heure après mon départ. J'ai jeté l'argenterie dans l'étang et je suis rentré à Sydenham avec l'impression que pour une fois dans ma vie j'avais fait quelque chose de bien. Voilà la vérité, toute la vérité, monsieur Holmes. Tant pis si elle me coûte la vie !

Holmes continua à fumer quelques instants en silence. Puis il traversa la pièce pour aller serrer la main de notre visiteur.

– C'est exactement ce que je pensais, dit-il. Je sais que vous m'avez dit la vérité. Personne en dehors d'un acrobate ou d'un marin n'aurait pu attraper ce cordon de sonnette en prenant appui sur la console, et seul un marin était capable de faire les nœuds qui attachaient le cordon au fauteuil. Or lady Brackenstall n'avait approché des marins qu'une fois, pendant sa traversée. Et il s'agissait bien de quelqu'un qui socialement était son égal puisqu'elle tentait si fort de le protéger, montrant par là qu'elle l'aimait. Vous voyez comme cela me fut facile de remonter jusqu'à vous, une fois que je fus lancé sur la bonne piste.

– Je croyais que la police ne devinerait jamais notre truc !

– La police ne l'a pas deviné. Et je crois qu'elle ne le devinera jamais. Maintenant, attention, capitaine Croker ! Il s'agit d'une affaire grave, très grave. Certes, j'admets que vous ayez agi sous l'effet de la pire des provocations qu'un homme puisse supporter. Je ne suis pas sûr que, votre acte, qui a été commis en état de légitime défense, ne soit pas justifiable. Toutefois c'est à un jury anglais d'en décider. En attendant, j'éprouve pour vous une sympathie si vive que si vous décidiez de disparaître dans les prochaines vingt-quatre heures, je vous promets que personne ne vous donnera la chasse.

– Et après, tout sortira ?

Certainement.

Le marin rougit de colère.

– Est-ce une sorte de marché à proposer à un homme ? Je connais suffisamment la loi pour comprendre que Mary serait accusée de complicité. Croyez-vous que je la laisserais seule affronter la musique pendant que je courrais me mettre à l'abri ? Non, monsieur ! Qu'on fasse de moi ce qu'on voudra, mais, monsieur Holmes, pour l'amour de Dieu, trouvez un moyen de tenir ma pauvre Mary à l'écart.

Pour la deuxième fois Holmes tendit sa main au marin.

– Je voulais seulement vous mettre à l'épreuve. A chaque coup vous résonnez clair ! Hé bien ! c'est une grande responsabilité que je prends, mais j'ai donné à Hopkins un excellent tuyau. S'il n'est pas capable de s'en servir, tant pis ! Écoutez-moi, capitaine Croker : nous allons régler cela avec les apparences de la loi. Vous êtes prisonnier. Watson, vous serez le jury anglais. Je ne connais personne plus digne d'en représenter un. Je suis le magistrat. Messieurs les jurés, vous avez entendu les dépositions. Considérez-vous le prisonnier coupable ou non coupable ?

– Non coupable, monsieur le président ! répondis-je.

– Vox populi, vox Dei. Vous êtes acquitté, capitaine Croker. Tant que la loi n'aura pas trouvé une autre victime, je vous laisse en liberté. Dans un an, revenez vers cette dame. Puissent son avenir et le vôtre justifier le jugement que nous avons prononcé cette nuit !

Arthur Conan Doyle.

Toutes les aventures de Sherlock Holmes

Liste des quatre romans et cinquante-six nouvelles qui constituent les aventures de Sherlock Holmes, publiées par Sir Arthur Conan Doyle entre 1887 et 1927.

Romans

* Une Étude en Rouge (novembre 1887)
* Le Signe des Quatre (février 1890)
* Le Chien des Baskerville (août 1901 à mai 1902)
* La Vallée de la Peur (sept 1914 à mai 1915)

Les Aventures de Sherlock Holmes

* Un Scandale en Bohême (juillet 1891)
* La Ligue des Rouquins (août 1891)
* Une Affaire d'Identité (septembre 1891)
* Le mystère de la vallée de Boscombe (octobre 1891)
* Les Cinq Pépins d'Orange (novembre 1891)
* L'Homme à la Lèvre Tordue (décembre 1891)
* L'Escarboucle Bleue (janvier 1892)
* Le Ruban Moucheté (février 1892)
* Le Pouce de l'Ingénieur (mars 1892)
* Un Aristocrate Célibataire (avril 1892)
* Le Diadème de Beryls (mai 1892)
* Les Hêtres Rouges (juin 1892)

Les Mémoires de Sherlock Holmes

* Flamme d'Argent (décembre 1892)
* La Boite en Carton (janvier 1893)
* La Figure Jaune (février 1893)
* L'Employé de l'Agent de Change (mars 1893)
* Le Gloria-Scott (avril 1893)
* Le Rituel des Musgrave (mai 1893)
* Les Propriétaires de Reigate (juin 1893)

* Le Tordu (juillet 1893)
* Le Pensionnaire en Traitement (août 1893)
* L'Interprète Grec (septembre 1893)
* Le Traité Naval (octobre / novembre 1893)
* Le Dernier Problème (décembre 1893)

Le Retour de Sherlock Holmes

* La Maison Vide (26 septembre 1903)
* L'Entrepreneur de Norwood (31 octobre 1903)
* Les Hommes Dansants (décembre 1903)
* La Cycliste Solitaire (26 décembre 1903)
* L'École du prieuré (30 janvier 1904)
* Peter le Noir (27 février 1904)
* Charles Auguste Milverton (26 mars 1904)
* Les Six Napoléons (30 avril 1904)
* Les Trois Étudiants (juin 1904)
* Le Pince-Nez en Or (juillet 1904)
* Un Trois-Quarts a été perdu (août 1904)
* Le Manoir de L'Abbaye (septembre 1904)
* La Deuxième Tâche (décembre 1904)

Son Dernier Coup d'Archet

* L'aventure de Wisteria Lodge (15 août 1908)
* Les Plans du Bruce-Partington (décembre 1908)
* Le Pied du Diable (décembre 1910)
* Le Cercle Rouge (mars/avril 1911)
* La Disparition de Lady Frances Carfax (décembre 1911)
* Le détective agonisant (22 novembre 1913)
* Son Dernier Coup d'Archet (septembre 1917)

Les Archives de Sherlock Holmes

* La Pierre de Mazarin (octobre 1921)
* Le Problème du Pont de Thor (février et mars 1922)
* L'Homme qui Grimpait (mars 1923)

* Le Vampire du Sussex (janvier 1924)
* Les Trois Garrideb (25 octobre 1924)
* L'Illustre Client (8 novembre 1924)
* Les Trois Pignons (18 septembre 1926)
* Le Soldat Blanchi (16 octobre 1926)
* La Crinière du Lion (27 novembre 1926)
* Le Marchand de Couleurs Retiré des Affaires (18 décembre. 1926)
* La Pensionnaire Voilée (22 janvier 1927)
* L'Aventure de Shoscombe Old Place (5 mars 1927)

À propos de cette édition électronique

Texte libre de droits

Corrections, édition, conversion informatique et publication par
le groupe

Ebooks libres et gratuits

http://fr.groups.yahoo.com/group/ebooksgratuits

Adresse du site web du groupe :
http://www.ebooksgratuits.com/

—

9 janvier 2004

—

- Source :
http://www.bakerstreet221b.de/main.htm pour les images

- Sites WEB à consulter sur Sherlock Holmes :
http://www.sshf.com/ Le site de référence de la Société Sherlock
Holmes de France
http://www.sherlock-holmes.org/
http://conan.doyle.free.fr/

- Dispositions :
Les livres que nous mettons à votre disposition, sont des textes
libres de droits, que vous pouvez utiliser librement, <u>à une fin non
commerciale et non professionnelle</u>. Si vous désirez les faire
paraître sur votre site, ils ne doivent pas être altérés en aucune
sorte. **Tout lien vers notre site est bienvenu...**

- Qualité :
Les textes sont livrés tels quels sans garantie de leur intégrité
parfaite par rapport à l'original. Nous rappelons que c'est un